Cenicienta

Martín Morón

Perrault, Charles
    Cenicienta / Charles Perrault ; adaptado por Martín Morón ; ilustrado por Martín Morón. - 1a ed. - Ciudad Autónoma de Buenos Aires : Ediciones Lea, 2015.
    16 p. ; 28x21 cm. - (Mis cuentos; 4)

    ISBN 978-987-718-232-3

    1. Narrativa infantil. 2. Cuentos Clásicos. I. Morón, Martín, adapt. II. Morón, Martín, ilus. III. Título
    CDD 863.928 2

CENICIENTA es editado por: Ediciones Lea S.A.
Av. Dorrego 330 (C1414CJQ), Ciudad de Buenos Aires, Argentina.
E-mail: info@edicioneslea.com / www.edicioneslea.com

ISBN: 978-987-718-232-3

Primera edición. Septiembre de 2015. Impreso en China.

Cenicienta lava la ropa, los platos, las ollas, las cacerolas y muchas cosas más. También limpia los pisos, tiende las camas, hace las compras y, a veces, hasta tiene que cocinar. Y ni hablemos de todo lo que siempre hay para coser, planchar, ordenar y acomodar.

Pero si tenemos que decir
en una palabra lo que
hace siempre Cenicienta,
esa palabra es "cantar".
Ella canta todo el tiempo,
canta porque está
contenta y cantar la hace
todavía más feliz. Su canto
es bellísimo, tan hermoso
que los vecinos se asoman
y los viajeros se detienen a
escuchar su dulce voz.

Sus hermanastras desordenan, y Cenicienta canta. Sus hermanastras tiran y Cenicienta canta. Y ensucian todo lo que pueden y Cenicienta canta todo lo que puede.

Su madrastra se enoja muchísimo, no puede creer que Cenicienta esté tan contenta y con tantas ganas de cantar. Enfurecida, la malvada señora le ordena más y más trabajos. Pero ella los recibe con valentía, porque la vida cantando, siempre es mejor que la vida en silencio. Además, siempre está muy bien acompañada.

Al instante aparecen sus amigos,
los ratones, quienes, de inmediato,
ponen manos a la obra y ayudan a
Cenicienta con las tareas de la casa, y
también la ayudan a cantar.
Así, Cenicienta sigue trabajando con
su hermosa sonrisa y su bellísima
voz, acompañada por el coro de sus
pequeños amigos.

Un día, el príncipe salió a invitar a todos los niños y niñas del reino a la gran fiesta que daría para su cumpleaños. Al pasar cerca de allí, el príncipe oyó la hermosa voz de Cenicienta y llamó a la puerta de su casa.

Preguntó quién cantaba tan bonito, pero la madrastra dijo que seguramente sería una de sus dos hijas. "Las dos tienen una voz preciosa", aseguró la señora, y las muchachas se quedaron asombradas, ya que a ninguna de ellas le gustaba cantar. "¡Las espero en mi fiesta, habrá música y sería hermoso que puedan cantar!", dijo el príncipe muy entusiasmado.

Llegó el día de la gran fiesta,
Cenicienta terminó todo su trabajo y
dijo a sus amigos los ratones:
–Sería muy lindo ir al cumpleaños
del príncipe. ¡Qué lástima que no
me invitó!
Pero los ratones le mostraron la
invitación, que decía claramente "A
todos los niños y niñas del reino".

–Bueno, ahora sólo necesito un vestido, ¿no?
Y los ratoncitos hicieron "sí" son sus
cabecitas.
–¡Genial! –dijo cenicienta– ...porque entre
tanta ropa para coser, lavar y planchar...
¿Cómo no iba a ocuparme de un vestido para
mí? –dijo mientras iba a su habitación y al
instante salía con un vestido increíble, y un
peinado divino.
Los ratones la miraban encantados, y
Cenicienta, muy contenta, salió corriendo al
palacio.

El príncipe había hecho subir al escenario a las hermanastras de Cenicienta, que ya estaban con el micrófono pasando una terrible vergüenza. Pero Cenicienta llegó justo a tiempo, y subió con su hermosa voz al escenario y todos se quedaron admirados. La música se llenó de ritmo y energía, y la fiesta fue genial. Las hermanastras, agradecidas y aliviadas, se pusieron a bailar, que era lo que en verdad les gustaba. Y todos bailaron y se divirtieron mucho.

La fiesta llegaba a su fin cuando el príncipe vio a Cenicienta alejarse por el largo pasillo. La siguió, pero en el camino se encontró con un precioso zapato.

—Ese es mío —dijo Cenicienta al príncipe, que había quedado deslumbrado por el brillo del zapato— ¿me lo devolvés, por favor?

Rápidamente, Cenicienta volvió a ponerse el zapato, mientras le decía muy convencida al príncipe:

—Qué bueno que me seguiste, porque ahora me vas a ayudar.

Cenicienta y el príncipe
volvieron a la fiesta.
Cenicienta había traído una
escoba y el príncipe, que
no entendía lo que estaba
sucediendo, un cesto de
basura.
Y todas las niñas y todos los
niños se pusieron a ordenar
el salón, a barrer los papeles
de colores, a juntar las
serpentinas. Cenicienta lo
miró al príncipe que, quietito
en un rincón, se hacía el
distraído; pero al ver que
todos ordenaban él también
quiso ayudar.

Y como Cenicienta no podía dejar de cantar, una vez más se escuchó su hermosa voz mientras, entre todos, juntaban el desastre. Continuó la música y volvieron a bailar en la fiesta más divertida que se conoció en la historia del reino.